KB266187

순두부찌개

순두부찌개

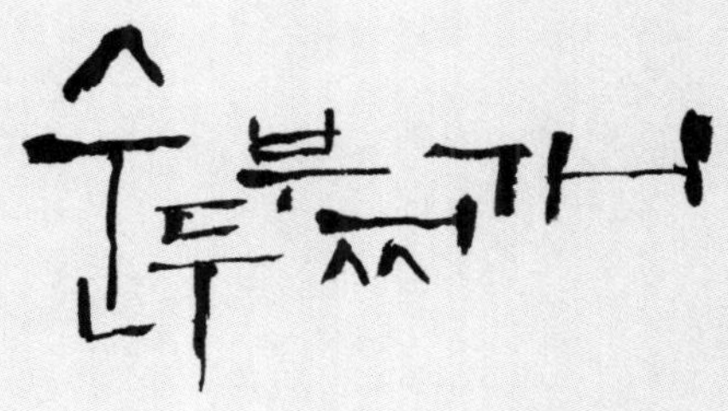

이원종 시집

좋은땅

시인의 말

첫 시집『선』과
두 번째 시집『너무나도 소중하지만 하찮게 느껴지는』에 이어,

주위의 간곡한 만류에도 불구하고
세 번째 시집『순두부찌개』를
부끄러움을 무릅쓰고 세상에 내놓습니다.

제가 살고 있는 시골 동네를
산책할 수 있는 것을,
좋아하는 책을 읽을 수 있는 것을,
가끔은 혼술을 하면서
가슴에서 울컥 올라오는 감성과 생각을
시로 쓸 수 있다는 것에

늘 감사해하면서
심심하게 살고 있습니다.

버스 정류장에서
우두커니 앉아
눈을 뒤집어쓴
먼 산을 바라보면서,

또다시 시를 쓸 수 있을까
스스로에게 나지막이 물어봅니다.

목차

제2부

서로를 바라보면...

제3부
있는 그대로를 보면...

제1부

뒤를 돌아보면...

순두부찌개

분식집에서
단돈 7,000원 하는
순두부찌개를 혼자 먹는다.

아,
내 사랑과 함께
뜨거운 순두부찌개를 먹던
그날 저녁,

무엇이 그리 들떠 있었던지,
내 입 안의 밥알이
너의 찌개에 퐁당 빠졌을 때,
너는 모르는 척 맛있게 밥을 먹었지.

밖에는 눈이 내리고 차가왔지만,
내 순두부찌개는 뜨거웠고
내 마음도 뜨거웠고
너의 발그스레한 볼도 뜨거웠다.

나는 지금
미지근하게 식은
순두부찌개를 먹는다.

골목길1

빛과 어둠이
숨바꼭질하는
골목길.

좁은 길과 좁은 길들이
얌전하게 실뜨기 놀이를 하는
저녁.

어디선가 아스라이 들리는 듯한
무궁화꽃이 피었습니다.

마음속에
꽁꽁 감추고 있던
오랜 기억들을,

골목길은
아주 낮은 목소리로
고즈넉이 읽어 주고 있습니다.

골목길2

저기 저
반대편에서
늙고 초라한 내가
걸어오고 있다.

머리는
희게 부서지고
다리는
절뚝거리고 있다.

마음은
고개를 돌려
도망치고 싶지만…

만약 내게
조그마한 용기라도 있다면,

지나가는 그에게
고개 숙여
정중하게 인사할 것이다.

"그동안 고마웠습니다."

골목길3

어느 낯선
골목길을 지나가다가
어린 시절의 집을 닮은
허름한 집을
보았습니다.

전 우두커니
서서 바라보았습니다.

이 시간이면
저는 친구들과 놀기 위해
신나게 대문을 박차고 뛰쳐나가고
어머니는 찬거리를 마련하려
시장을 보러 나가시겠지요.

전
당신을
한참을 기다렸습니다.

골목길4

저기 저
반대쪽에서
보라색 꽃무늬의
하늘하늘한 원피스를 입은,
긴 머리의 아리따운 아가씨가
걸어오고 있다.

스치는 길목에서
은은한 라벤더 향기가 느껴졌다.

뒤를 돌아다보았다.
어색한 눈길이 마주쳤다.

나는 모르는 척, 내 갈 길을 향해 갔다.
우리는 모르는 사이,
우리는 앞으로도 모르는 사이.

그렇지만
언젠가는
다시 보고 싶은 사이.

골목길5

부서의 막내 인턴사원인
그녀는
미세먼지처럼 눈에 띄지 않는 존재였다.

어느 날,
부서 회식에서
선배 사원들이 작은 케이크에
양초를 꽂고
생일을 축하해 주었다.

잃어버린 존재감에 대한
작은 위로였다.

술자리가 얼큰했을 무렵,
그녀는 화장실을 간다 하고
잠시 자리를 비웠다.

골목길의
눈에 띄지 않는 구석진 곳에서
쪼그리고 앉아서
그녀는 서럽게 펑펑 울었다.
오랜만에 시원스럽게 펑펑 울었다.

골목길6

한낮의
저 떠들썩하고 가벼운 웃음들은
저녁이 되면,

돌아가는 골목마다
아련한 슬픔으로
갈래갈래 찢어진다.

누군가는
편의점 도시락으로 혼밥을 때우고,
또 누군가는
스마트폰의 SNS로
혼자서 끊임없이 수다를 떨다가
어렵게 잠이 든다.

어지럽게 갈라진
가난한 동네의 밤은
못생긴 모과처럼

무겁고 안쓰럽다.
때론 사무치게 그립기도 하다.

골목길7

이 골목을 돌아서면
개미집이라는 허름한 술집이 있었지.
우리가 대학생 때였지.

우리는 술을 퍼마시고
혀 꼬부라진 소리로
문학을 이야기하고, 나라를 걱정했으며,
채 익지 않은 개똥철학의 초식들을
펼치면서 잘난 척했었지.

한 여자를 두고 싸웠으며,
밤을 새워 어렵게 쓴 시들을
보란 듯이 찢어 버리곤 했었지.

데친 두부 위에 간장을 얹은 싸구려 안주와
싱겁기 그지없는 김치찌개를 재탕하면서도
술잔을 계속 기울였고
자갈밭에서 길을 잃은 뱀들처럼 방황하며,
뜻도 없이 소리치고 분노하고
이유도 모른 채 서럽게 울기도 했었지.

그런데
그때 그 자리에는
이제는 대형 마트가 들어섰다.

마음씨 넉넉한 아줌마에게
외상 술값으로 몇천 원 달아 놓은 것 같은데,

지금은
갚을 길이 없다.

골목길8

이렇게
무덥고 끈적끈적한 여름날에
우리가 이 골목길을
계속 걸어갈 수 있는 것은,

이 골목을 돌면
새로운 길이 펼쳐질 것이라는
희망 때문이지 않을까요?

지치면
동네 편의점에서
아이스크림도 사 먹고
시원한 보리차도 마시고,
매미 울음소리도 멍하니 들으면서
나무 그늘에서 잠시 쉬다가,

그래도
우리가 아직도 지치지 않고 걸어갈 수 있는 것은,
길을 잘못 들어도

어차피

처음의 길로

다시 돌아오리라는

체념 때문이지 않을까요?

골목길9

누구나의 마음속에는
좁은 골목길이 있어.

어두운 골목길,
가고 싶지 않은 골목길,
가 보고는 싶은데 두려운 골목길,
돌아가고 싶지 않은 아픈 골목길,
당당하게 걷기에는 부끄러운 골목길,
누군가에게도 들키고 싶지 않은 골목길,

그러나
지나치지 않을 수 없는 골목길.

아침이면,
학교로 가는
한 무리의 여학생들이
깔깔거리며 웃고 까불며 가는,
이 경박한 골목길이
나는 너무 고마워.

어른이 된다는 것은 어려운 길.

오히려,
어른이 되어도
아무것도 아니라는 게

너무 편안해.

골목길10

모든 사람들을
밝게 포용하고
바른 길로 인도하지는 못 할지라도,

가난한 연인들의
아쉬운 작별의 키스는

좀 은은하게
보듬어 주자고

일부러
가로등은
꾸벅꾸벅 조는 척,
어두워지기로 했다.

기억은 저 멀리 떠나가지만

나뭇가지에 앉아 있던
새들이 떠나간다고
나무를 사랑하지 않는 것은 아니야.

기억은
나를 조금씩 떠나가지만
그래도 남아 있는 것들은
추억이 되었으면 해.

내게
다가오는 지혜들도
조금씩
무덤덤하게

나를 무르익게 하고
끝내는

나를 떠나갔으면 해.

냄비우동

풋내기 대학생이었을 때,
첫 미팅에서 만난
맑고 싱그러운 그녀는
나의 간절한 에프터에도
끝내
나타나지 않았다.

두어 시간을
하릴없이 쓴 커피를 홀짝거리다,
눈치가 보여 다방을 나왔다.

집으로 돌아오는 길에
우동 가게에 들러
싸구려 냄비우동을
시켜 먹었다.

'내가 싫은 게 아니라,
아마도
피치 못할 사정이 있을 거야.
그렇지 않을 이유가 없잖아'

구질구질한 핑계로
우동의 미끌미끌한 가닥들이
자꾸만 목에 걸렸다.

버킷리스트

그 누군가가
내 머릿속의
버킷리스트 한 줄 한 줄을
꼼꼼하게 지워 나간다.

어차피
하지도 않고, 할 수도 없었던
잃어버린 시간들
아니었던가?

바보같이,
난 대지에 뿌려야 할
촉촉한 씨앗들을
메마른 바람결에 던져 버렸다.

나는 애원한다.
조금만 시간을 달라고
한 번만 기회를 달라고.

그럼에도
어둠은 어김없이 찾아와
나를 어디론가 데려가려 하는데,

참으로 철이 없게도
어둠의 손을 피해,

사랑하는 이의 손을 잡고
햇빛이 눈부시게 부서져 내리는
산토리니 섬의 골목길을
미친 듯이 달려 나간다.

길이 끊어진
노을 속을 달려 나간다.

보름달

31

모닥불 옆에서
그대가,
해맑은 목소리로
내게 보라며
환한 달을 가리켰을 때,

나는
그대가 보지 못했던,
보름달을 비껴가는
초라한 새들의
그림자를 보았다.

그렇게
사랑이
헛되이 비껴가리라는 것을
난 어렴풋이
느끼고 있었다.

비를 맞아도 좋을 때

누나야, 기억해?
우리 가족이 동네 뒷산으로 야유회를 가서,
찬합에 가득 찬 김밥을 배불리 먹고
계곡에서 물장구치면서 놀다가
하산 길에 잠깐의 소낙비를 맞았지,
너무 좋았어.

어머니, 기억하세요?
마당에 심어 놓은 상추가 무럭무럭 자랄 때,
상추잎을 때리는 빗소리가 너무 좋아
전 그 앞에서 쭈그리고 앉아
흠뻑 젖었지요. 어머니는 감기 들라
제 엉덩이를 세차게 때리셨죠.
돌이켜 보면 전 그 아픔이
너무 좋았습니다.

여보야, 기억해?
당신이 첫애를 가졌을 때,
밤중에 갑자기 김밥이 먹고 싶다 해서,
비를 흠뻑 맞으며 구해 온 재료로
서투른 솜씨로 김밥을 만들었지.
그렇지만 당신은 입덧 때문에 제대로 못 먹었지.

비에 젖은 생쥐 꼴을 했어도
난 바보처럼 그냥 좋았어.

지금은
조금의 비라도 젖을까 봐 두려워하는
겁쟁이가 됐지만,

어쩌면
세찬 비가 모든 길을 지워 버릴 대는,
그냥 비에 흠뻑 젖으며
잃어버린 시간들을
헤매도 좋을 것 같아.

잊어버립시다

잊어버립시다.

불길 위를 걷는 눈발들처럼

잃어버린 진주 귀걸이를,
주식으로 날려 버린 아까운 돈들을,
모르는 척 지나치는 싸늘한 눈빛들을,
고통을 치러야 했던
젊은 날의 철없던 쾌락들을,
돈은 갚지 않고 핑계만 대는
친구의 얄미운 얼굴을,

내 실수를 비웃던 그 비열한 얼굴들을,
아프게 찔러 대는
술 취한 상사의 충고들을,
돈 없다고 냉정하게 돌아서 가는
내 사랑의 뒷모습을,
나를 가벼이 비꼬던
그 수다스러운 뒷담화들을,

잊어버립시다.

물이 불어난 거센 여울목을
성난 마음으로 서둘러 건너지 않기를,

잔잔한 물 위를 걷는 고요한 달빛처럼,

잊어버립시다.

젊은 날, 그 후

젊은 날
우리는 무척 어설펐고
꿈은 터무니없이 크기만 했지만,

세상은
꿈이 꺼져도
그런대로 잘 달려가고 있네요.

시골길을 달리는
협궤열차의 침목 사이로
돋아난 풀잎들처럼

그런대로
시시하게 살아가고 있습니다.

고개를 들어도
부끄러운
저 화창한 하늘들,

서툴렀지만 아름다웠던
젊음의 나날들은
민들레 풀씨처럼

아스라이
저 하늘로 사라지고 있습니다.

추어탕

아주 어렸을 적,
여름날이면
어머니는 시장에서
살아 있는 미꾸라지를 사다가
점심거리로
추어탕을 끓여 주셨습니다.

나는 미꾸라지들과
물장구를 치면서 놀다가,
어머니가
살아 있는 미꾸라지를
맷돌에 넣고 가시는 걸 보고는,

그 미꾸라지들이 불쌍해서
먹지 않겠다고
생떼를 부리곤 했었습니다.

어른이 된 지금
기분이 꿀꿀할 때면,
소주 한 잔에
추어탕을 안주로 맛있게 먹고 있습니다.

그런데,
그때가 생각날 때면,

왜 갑자기
목이 메고 눈물이 나는지요.

저는
아직도 그때의 철없던 어린애이고 싶은가 봅니다.

팬케이크

막내 누나는
팬케이크를 만드는 걸 좋아했다.
내가 배고프다 하면
뚝딱 만들어 주었다.
내가 배부르다고 해도
더 먹으라며 또 만들어 주었다.

누나는
낮에는 공장에서 일하고
밤에는 공부하다 잠이 들었다.
코 고는 소리가 대단했다.
난 옆에서 어려운 책을 읽다 잠이 들었다.

내가 사랑에 눈이 멀게 되었을 때,
난 누나의 지갑에서
약간의 데이트 비용을 몰래 슬쩍했다.
누나는 모른 척했다.

배고픈 겨울밤에,
찬밥과 쉬기 직전의 반찬을
양푼에 섞어 비빔밥을 만들고
동생들이 서로 많이 먹겠다고 다툴 때,

누나는 부엌으로 가서 남몰래 울었다.
철없던 나는 그 이유를 몰랐다.

이제
옛날의 누나를 만날 수 없지만,
눈을 뒤집어쓴 저 외로운 산들을 바라보면,

나는 마음속으로 못다 한 말을 하고 싶어진다.

할 일 없음

"더 이상 올라가지 마세요.
이제 그만
내려오세요."

몇 개 더 따자고
위태롭게 감나무 가지에
매달려 있는 늙은 나에게

어린 내가 소리쳤다.

"할 일 없으면 어때요?
그동안 열심히 일했잖아요.
이젠 마음 편히 살아가도 괜찮아요."

난 마지못해
나무에서 내려왔다.

늙어 버린 나는
어린 나의 조그마한 손을 잡고

정원을 한가로이 거닐고,
비를 맞으며

연못 위로 울려 퍼지는 비의 동심원들을
함께 듣고 싶었다.

모르지,
어쩌면 할 일 없는 하루가

바쁜 사람들이 버린
오솔길을 생각 없이 걷다가,
우연히 눈을 뚫고 피어난
설강화를 만나
잠깐의 기쁨으로 빛날지도.

그래서
늙고 외롭고
게으른 이 하루들이
그리 부끄럽지 않을지도
모르겠다.

내리막길

슬픔이
너무 사무쳐서
숨조차 쉴 수 없다면

잠시
나무 그늘 아래
바위에 걸터앉아
쉬십시오.

흐르는 눈물을
뺨에 맡겨 두면
자연스레
바람 속으로 스며들 것입니다.

시간도
오르막길이
너무 숨이 차서
더디게 올 때가 있습니다.

뒤돌아서,
힘들었던 시간에게
손을 내밀어 보세요.

내리막길에는
아련한 슬픔과 소소한 기쁨이
손을 잡고
천천히 걸어 내려갑니다.

눈이 내리는 날

그 날의
그 어색한 침묵을
말로 채우지 않았으면
좋았을 것을.

빨간 지붕을
새하얀 눈이 덮는 것을

가슴이 아프도록
말없이 지켜보는 것이

차라리
좋았을 것을.

낮달

일찍
헤어지고,
그대가 사라진
산동네
골목의 끝.

멋쩍게
솟아 있는
전봇대 꼭대기에는

아직도
집에 돌아가지 않고,
아쉬움에 서성거리는
낮달 하나
걸려 있다.

제2부

서로를 바라보면...

겨울 빛

화사했던 장미의 화환이
칼을 들어
스스로의 고리를 끊어 버린다.

곱게 포장한
선물 꾸러미의 매듭이
툭 하고 힘없이 풀어져 버린다.

매서운 겨울밤의
추위를 견디지 못하고
별들이 수직으로 우수수 떨어진다.

후 하고 촛불을 끄는 바람에
도시의 화려했던
모든 불빛들이 꺼져 버린다.

그대가 보낸
메일 한 줄 때문에.

부부로 살아가는 길

처음에
우리는 함께
한 방향을 바라보면서 걷다가
서로 다른 길을 걸었다.

그리고
그 길의 끝에서,
가을 강을 사이에 두고
서로 마주 보고 서 있다.

나는
그대가 들리지 않도록
낮은 목소리로 노래하고

그대는
내게 들키지 않도록
속으로 울음을 삼킨다.

오직
가을 강만이
바위에 부딪치면서도
제 목소리로 노래한다.

빈방

외로움에는
나 혼자만이 아닌
다른 사람들을 위한 방도
있어야 합니다.

그 방에는
그리운 이들도 머물다 가고
또 어떤 때는
나 때문에 마음을 다치신 이가
그저 뚱한 얼굴로 아무 말 없이
머물다 가기도 합니다.

드물게는,
울고 싶은 내가
내 품에 안겨 꺽꺽 울다가
가기도 합니다.

그러다 보면
따뜻한 남도의 섬들은
저 혼자만의 섬들이 아니라는 걸
어느새 깨닫게 됩니다.

어른

얼마나
아파하고
상처받아야
어른이 되는 걸까요?

그렇게 어른이 되면
저녁 강은
나를 받아 줄까요?

강물은 도도히 흐르는데
나는 우두커니
멈춰 서 있습니다.

우리 사이에는 커다란 강이

우리 사이에는
커다란 강이 흐른다.
나도 인정한다.

강둑을 따라 피어난
쑥부쟁이만큼이나 많은
이유들이 있을 것이다.

나는 스스로
나를 설득하려는
그 구차한 변명들이
부끄러워

슬픈 마음으로
강둑을 넋 놓고 한참을 걸었다.

차가운 하늘,
씩씩하게 날고 있는 철새들 아래
좁은 개여울에는
징검다리가 보인다.

나는
어린 아이처럼
깡충깡충 뛰면서

그대에게 가고 싶다.
그대도 그렇게 나에게 왔으면.

오늘은 기적을 보았습니다

싫어하는 사람에게
흔쾌히
술 한잔 사 주었습니다.

맛있게 잘 먹었습니다
라는 한 마디에

내 마음속,
나를 미워하던 사람이
사라졌습니다.

이별의 말

내게는
너무나도 짧고 차가운
이별의 말.

너로서는
오랫동안 번민하고
서성거렸던 말이겠지만,

이제
미련 없이
휴지통에 버린다.

오랫동안
휴지통을
비우지 못했다.

한 번 안아 봐도 될까요?

그녀를
버스 정류장에서 배웅하고

속으로 나지막이 중얼거렸다.
"한 번 안아 봐도 될까요?"

홀로

잔을 부딪쳐 줘,
언제나,
아니 언제나는 욕심이고,

아주 가끔.

내가
세상에 버림받았다고 느낄 때나
무거운 머리를
누군가의 어깨에
기대고 싶어질 때,

눈물을 감추려고
머리는 숙이고 잔은 들었을 때,

술을 못하는 너는
그냥
짠~ 하고
입으로 부는 바람이라도 부딪쳐 줘.

희망

슬픈데
눈물이 나질 않아,
눈물은 나는데
무엇이 슬픈지
모르겠어,
그냥
외치고 싶은데,
무엇을 향해 외쳐야 하는지도,
무엇이 정말로 절실한지,
무엇을 간절히 원하는지도 모르겠어.
그냥 나 자신이 싫고
화가 나는데,

누가 나를 꼭 껴안아 주었으면 해,
아무런 위로도 없이
그냥,

이유는 묻지 마,
설득하려고 하지 마.
따뜻하게 꼭 안아 주기만 하면 돼.

꿈

지나온 시간의 바다 위로
엉성한 그물을 던져 보았습니다.

얼떨결에 올라온 것도 있고,
다시는 만나고 싶지 않다는
쌀쌀한 눈빛도 있고,
무심하게
돌아서는 섭섭함도 있고,
이루지 못한 사랑에 대한
후회와 원망도 있고,
겨울 바다의 바람보다도 매서운
쓸쓸함도 올라왔습니다.

나는 아직
아름다운 작별을 준비하지 못했는데,

괜히
건져 올렸나 싶습니다.

나사

나사와 나사 구멍이
서로 만날 때,

가끔은
끼익하고
아픈 소리가 날 때가 있다.

다가가고 싶은 마음과
도망치고 싶은 마음이
서로 만날 때,

혹은
그리움의
깊은 자리에서

철없는 마음과
모진 마음이
불행하게 만나면

온몸이 고장 난 악기처럼
아픈 소리가 날 때가 있다.

그늘의 사랑

다가갈 수도 없고
다가가서도 안 되는 사랑이 있다.

그런 사랑은
어두운 숲의 짙은 그늘을 마시며 자란다.

그런 사랑은
끈이 떨어진 방패연이 되어
하늘로 높이 오르다
바람을 타고 저 멀리 흘러간다.

나는 바람을 거슬러 가다가
밤의 숲 속으로 들어갔다.

등을 아프게 찔러 대는
거친 바위 위에서 하늘을 보며 누웠다.

춥고 무서운 하늘이
나뭇가지에 걸려 울고 있다.

그 사랑이
내가 볼 수 있는 바다를
건너지 않기를 빌었다.

외로운 섬의 숲,
높다란 나뭇가지에 걸려
오도 가도 못하며

간절하게 펄럭이기를 빌었다.

넋두리

술집에서 우연히 합석한
그 어르신은
포장 박스를 주워서 번,
몇 푼의 돈으로
부질없는 목숨을 이어 나간다고 했다.

"마누라를 먼저 저세상으로 보내고,
자식 새끼들은 날 거들떠보지도 않아.
빨리 뒈졌으면 좋겠는데, 용기가 나지 않아."

어르신의 넋두리는
누에고치로부터 뽑아져 나오는 명주실처럼
가늘고 길게
끝이 없을 듯 이어졌다.

"어르신, 제가 술 한 잔 올리겠습니다."

나는
머지않아 다가올
추레해질 나의 미래에게
위로의 술 한 잔을 건넸다.

배꽃 아래서

깜박
배꽃 나무 아래서
잠이 들었다.

달콤하고 그리운
첫사랑의 꿈을 꾸었다.

깨어 보니
나비 한 마리,
내 콧잔등에 앉았다가
날아간 것이었다.

괜찮다.
지금의 내 사랑은
저기 저
아담한 빨간 지붕 아래서,
밥을 짓고
술상을 보고 있으니.

짝사랑

먼 훗날
돌이켜 생각해 보니,
그녀는
문을 조금은
열어 둔 것 같았다.

내가 들어올 수 있도록.

난
멍청하게도
언제나 문이
굳게 잠긴 줄로만 알았다.

앞으로는
잊지 말아야 한다.

어느 누구도
문을 조금씩은
열어 두고 있다는 것을.

굳이
초대장이 없어도
된다는 것을.

새로운 상처

누군가에게 받은
상처가
서서히 아무르고
딱딱한 딱지가 생겨나기 전에,

굳어 가는 살을
떼어 내 버려야 한다.

다시 상처받기 위해서

새순 같은 푸르른 상처가
또 돋아날 수 있도록.

사금파리

도자기가
바닥에 떨어져 깨져 버리면
보잘것없는 사금파리들이 됩니다.

별일 아닙니다.

오랫동안
가슴 깊숙이 숨기고
아파해 왔던 마음의 사연도

깨지고 나면
시시한 이야기가 됩니다.

오히려
사금파리들끼리
서로의 상처를 보듬고 모여 사는

저 밤하늘의 별자리들이
아름답습니다.

별

별을 세다가
무심코 너의 집도 세었다.

고즈넉이
책상 앞에 앉아 책을 읽는
산동네의
별빛
하나.

벌목

저를
저 어두운 계곡으로
밀쳐 내지 마세요.
저는 날개가 없습니다.

견딜 수 없기에
잊을 수 없는 상처들은
고스란히 나이테에
아프게 새겨집니다.

들리시나요?

제가 쓰러질 때,
숲에서 같이 자란
젊은 나무들의 푸릇푸릇한 잎들이
두려움에 파리해지며

바스스
바스스
떨며 울고 있는 것을.

바람이 전하는 소식

먼 바다의 소금을 가득 안고
나를 향해 달려온 바람에게

나는 자꾸만
묻고 싶어진다.

그대는 어디에서 왔는지,
그대는 어디를 향해 달려가는지.

돌아보면,
하늘엔 여름 방학처럼 한가한 구름.
땅 위엔 시냇물들이
헤어진 친구들에게 긴 편지를 쓰고 있다.

바람은 나를 무심코 지나쳐서
하늘 아래, 별일 없는 하루의
창문들을 두드리겠지.

나는 바람에게 묻고 싶어진다.
내가 갈 수 없는 나라의 풍경과
사람들의 웃음소리와
뺨을 타고 흐르는 눈물의 의미를.

그대의 밤이 궁금하긴 하지만

너무 일찍 핀 목련꽃 아래서
그대는 오래 사귄 연인과 헤어진다.
일찍 집으로 돌아가고 싶지 않기에
그대의 그림자는 어둡고 수상한 골목으로 사라진다.
비가 오면 목련의 꽃잎은 쉽게 떨어지고
사람들의 발에 밟혀서 더러워진다.
목련이 진 그 상처 자리는
서서히 아물면서 다음 봄에 아픈 꽃을 피울 것이다.
그대의 밤이 궁금하긴 하지만.

미루나무 옆에서
그대는 누군가를 마냥 기다린다.
멀리 보이는 들녘 위로 노을이 채를 깔고 드러눕는다.
곧이어 밤이 그 위를 살포시 덮는다. 그대는 기다리다
지처
미루나무에게 불침번을 부탁하고
집으로 돌아간다.
바람이 풀잎들을 자신의 현으로 삼아,
스산하게 노래한다.
아마도 밤이 깊으면 미루나무도 졸고 있을 것이다.
그대의 방은 아직도 불 밝히고 있는지,
그대의 밤이 궁금하긴 하지만.

그대의 삶이
노끈으로 묶은 지난날의 신문 뭉치처럼
무겁고 거추장스러운 때,
그대는 읽던 무거운 책을 비로소 덮는다.
다락방에 올라가 구석진 책장의
눈에 띄지 않는 자리에 책을 꽂는다.
창가에 턱을 괴고
골목을 빠져나가지 못한 바람이
울부짖는 소리를 한참 동안 듣는다.
멀리 수탉 우는 소리가 밤의 마침표처럼 들린다.
그대의 밤이 궁금하긴 하지만.

비록 그대의 밤이
화려하고 아름답지 않을지 몰라도
나는 그대의 밤이 여전히 그립고 궁금하다.

종착역

열차의 객실 안에서 늙은 나는 젊은 날의 나와 마주 보며 앉아 있었다. 창밖의 풍경을 물끄러미 바라보다가 문득 내가 말했다.

"자네는 젊은이의 눈에 싫은 짓만 골라 하는 나를 부끄럽게 생각한 적은 없나?"

젊은 내가 곤란한 듯 잠시 더듬다가 입을 열었다.

"당신께서도 젊은 제가 썩 다음에 들지 않을 때가 있지 않았나요?"

나는 머쓱함에 다시 창밖을 보다가 혼자 중얼거렸다.

"그래도 가끔은 자네가 그립다네."

창밖으로 대나무의 잎사귀들이 바람결에 어지럽게 바스락거리며 흘러가는 모습이 보였다. 소박한 지붕들이 떠나가는 기차를 향해 손을 흔드는 모습이 보였고, 하늘에는 뭉게구름 뒤에서 엄마를 쫓아가는 아기 구름도 보였다. 넓은 들판과 낮은 언덕이 몇 개의 간결한 선이 되어 빠르게 흘러갔다. 뭔가 소중한 듯 보이지만 아쉽고, 우울하면서도 가슴에 사무치는 풍경이었다.

사진첩에서 생경한 젊은 날의 나를 보듯이, 느닷없이 말을 걸었다.

"이 기차에 탄 대부분의 사람들은 내가 알고 있거나 혹은 사랑했거나 미워했던 사람들이네. 우리 모두는 같은 종착역을 향해 달려가는 사람들이지. 모두가 그 종착역이 무엇인가는 알고 있지만, 대부분은 막연한 두려움 때문에 애써 고개를 돌려 모른 척한다네. 그 종착역이 어떤 풍경인지도 모른 채, 웃고 떠들고 슬퍼하며 싸우다 보면 시간이라는 잔인한 기관사는 마침내 우리도 모르게 종착역에 데려다주겠지."

"그 종착역이 우리가 잃어버린 사람들을 만날 수 있는 가슴이 설레는 풍경이었으면 좋겠네요."

"나도 그렇다네."

제3부

있는 그대로를 보면...

가는 체로 걸러 내기

까르르 까르르
뒤뚱거리며 내게 달려오는
아기의 함박웃음을

내 안의
촘촘하고 가는 체로
걸러 내지 말자.

절벽에 핀 작고 노란 꽃,
가을걷이가 끝난 드넓은 논들,
집으로 향하는 개미들의 행렬,
눈에 갇힌 마을의 새소리,
딱딱한 껍질을 뚫고 피어나는 하얀 배꽃들,
아, 그리고
눈 내리는 겨울의 거리에서
내 포켓 속으로 슬며시 들어오는
아내의 따뜻한 손은

내 영혼을
걸러 냄 없이 정화시키니

오늘의 기쁨과 행복을
어제의 슬픔과 고통으로
걸러 내지 말자.

밤으로의 긴 사연들을
성가시게 밝히려는
가로등들의 끈질긴 불면은
또 얼마나 힘들고 애달픈 것인가.

겨울 강

겨울 강,
스러져 가는 햇빛을 받아
반짝반짝 빛나는 수면에
손을 담그면,
뼛속까지 파고드는
이 시리고도 아련한 느낌.

겨울 강은
무슨 말을 하려는 걸까?

함박눈 내리는 날,
딸아이의 시린 손을
내 뺨에 문지르면
이 차가우면서도 따뜻한 느낌.

꼭 누군가에게도
전해 주라는 이야기 같긴 한데…

나를 흔들어 깨우는 것은

커튼 뒤에서 노려보는
아침 햇살의 따가운 질책만은
아니다.

지하에서 길어 올린
펌프의 찬물로 등목을 할 때에,
살을 타고 흐르는 그 짜릿함만은
아니다.

터벅터벅 걸어서
절벽에 이르러
스러져 가는 낙조를 바라보면서

이때까지 걸어왔던 발자국이
너무나도 초라해 보일 때만도
아니다.

오히려
가을을 함뿍 먹은
단풍나무 길을
사랑하는 사람과
손을 잡고 걸어갈 때에

너무 빠르거나
혹은 너무 더디거나 해서
보조를 맞추지 못하고
손을 놓쳐 버렸던 그 순간이

너무나도 나를
사무치게 흔들어 깨운다.

날아가는 화살

아직도
날아가는 화살이고 싶다.

바람을 맞으며,
더 높이 더 멀리
더 많은 것을 보고 싶다.

위대한 계획의 일부일까,
고상한 과녁에 꽂히지는 못 할지라도,
설령 보잘것없는 잡목 숲에 떨어져
초라하게 썩을지라도,

아직은
하늘을 날고 싶은 것이다.

내가 고개 숙이는 것은

대나무의 꼿꼿함과
그 옆에서 스스로가 부끄러운 듯 처져 있는
댓잎이 좋다.

옥수수의 꽉 찬 당당함과
한 알이 빠지면 알알이 무너지는
그 허술함이 좋다.

산허리를 감싸고 도는 물안개의 신비함과
낮이 되면 가뭇없이 사라지는
그 허무함이 좋다.

고요한 밤을 깨우는
개구리들의 시끄러운 울음소리와
아무런 뜻도 없는
그 넋두리가 좋다.

무언가를 빈틈없이 채우려고 하는 것은
참으로 피곤하고 성가신 일이다.

내게 다가오는 너의
그 바보 같은 웃음이 좋다.
나도 멍청한 얼굴로
너에게 화답하련다.

두 번째 산

힘들게
첫 번째 산을 올랐다.
바위에 걸터앉아
가쁜 숨을 고르고
흐르는 땀을 식힌 다음,
술이 익는 산문 어귀의 마을로
천천히 내려갔다.

누군가는
조그마한 성취에도 쉽게 만족하는
나의 작은 그릇을
비웃을지도 모르겠다.

그러나
나는 변명한다.
천칭의 기울어진
한쪽 무게를 조금 덜어 내
균형을 맞추려 했을 뿐이라고.

그리고
나는 안다.
힘들게 두 번째 산을 오르면,

저 너머에는
푸른 안개를 빚은 것 같은
아스라한 허무의,

세 번째 산이
우리를 기다리고 있다는 것을.

등대

저
바위섬 위에
홀로 서 있는
하얀 등대는

부두에서
손을 요란하게 흔들며 다시 보자던,
어쩌면 지키지도 못할
연인들의 약속을
얼마나 보아 왔을까?

그래도,

등대의
착한 눈은

가슴을 까맣게 태우는
그 약속을
하얗게 기다리고 있을 것이다.

만약 내가 바람이 된다면

만약 내가 바람이 된다면

솜사탕 같은 한 떼의 구름을 내몰아서
거친 계곡 위로 떠돌게 하리라.

하루 종일 비를 맞아도 투덜대지 않는
잎들로 하여금 스스로 떨쳐 일어나게 하리라.

착하지만 허술한 지붕을 흔들어 깨우면
아버지는 비를 맞으며 지붕을 고치리라.

부두에 묶여 있는 배들을 떼어 놓고,
무리로부터 떨어진 배를
곶의 그늘진 모서리에서 울게 하리라.

서로를 베고 편안히 누워 있는 조약돌들을
흔들어 깨우리라.

가지에서 대롱거리는 잎을 날려서
옛 연인의 창가에서 밤새 서성이게 하리라.

억새풀을 어지럽게 흩트려 놓아
나그네가 고향으로 돌아가는 길을 헤매게 하리라.

사람은 끝내 홀로 돌아가야 한다는 진실을
깨닫게 해 주기 위하여
포도송이를 무겁게 하리라.

해서 바람이 지나가는 길을 멍하니,
하염없이 바라보게 하리라.

틈새

사랑이
행복하기만 하면
오히려
보이지 않아.

사랑이 스스로 지겨워
하품하는 그 틈새로
사랑을 얼핏 볼 수 있을 뿐이지.

추락하는 것들을 위한 개망초

떨어지는 것이
눈부시게 아름답게 춤추는 것은

잠시나마
바람이 받쳐 주는 것뿐이지.

시간이 되면
개망초의 꽃잎들은 떨어져

행복한
흙 속으로 기꺼이 돌아간다고.

책갈피

시든 꽃이라도
좀 어떻습니까?

그늘에
잘 말려 두었다가

책갈피로
오래오래
두고 보면 될 것을.

집으로 가는 길

좁은 공간에
빽빽하게 초를 꽂아
눈이 아리도록
화려한 생일 케이크처럼

이 달콤한 도시의 불빛에
길을 잃었다.

어쩌면
조금은 어둡고
화사하지도 않고 흐리멍덩한

저 희미한 불빛 하나가
내가 쉬어야 할
나의 집이다.

잔설

산책길에
구석진 응달에 숨어 있는
잔설을 보았다.

저
아직도 차갑게 남아 있는
순결한 미움 밑에서는

또다시
어리석은 사랑이

새순을
틔우려 하고 있겠지.

이유도 없이 우울이 찾아올 때

오늘 아침, 베란다의 화분에서 갓 피어난
델피늄의 꽃잎들이 시시하게 느껴질 때,

자고 있는 연인의 옆얼굴을
긴 머리카락으로 가리고 싶어질 때,

다이어리의 빽빽한 플랜들이
성가신 개미 떼들처럼 보이기만 할 때,

우리는 우리가 꾸며 놓은
이 아름다운 감옥으로부터 벗어나
처음의 그 무너진 성터로 가야 한다.

파도가 넘실대는 좁은 방파제를
양팔을 벌리고 위태롭게 걸어 보아야 한다.

바람을 거스르며
해안 도로를 자전거로 미친 듯이 달려 보아야 한다.

교외선을 타고 어느 간이역에 내려
누구도 반기지 않는 낯섦을 서럽게 마주해 보아야 한다.

산의 정상까지 힘들게 올라
깎아지른 가파른 절벽에 서서,
무너져도 아쉬울 것 없는
허무함을 가슴 시리게 느껴 보아야 한다.

바람결에 그렇게나 요란을 떨었던
우리의 삶이란 기껏해야,
나뭇가지에서 떨어져

거친 시냇물의 여울에서 맴돌다 흘러가는
나뭇잎 같은 것.

그렇지만
한때나마 여름날의 영광을 누렸을 터,

떨어지는 모든 것은
그것을 받아 주는 심연에게
묻고 싶은 것이 있을 것이다.

추락하는 것에
굳이 날개를 달지 않아야 한다.

울타리

자작나무 숲을 빠져나오자, 낮은 언덕들을 포근하게 감싸안은 듯 푸르른 초원이 펼쳐졌다. 일찍이 귀촌을 한 선배와 함께 나는 옛 추억을 화제 삼아 나른한 오솔길을 느긋하게 걸었다. 선배는 전원생활의 평화와 한가함의 은근한 즐거움을 약간은 들뜬 손짓으로 내게 자랑했다. 마치 얼마 남지 않은 여생에 생각지도 못한 축복의 선물을 받은 것 같은 소박하면서도 절절한 감사의 기쁨이 넘쳤다. 우리의 걸음도 가볍고 유쾌한 선율로 나아갔다.

그때 선배가 갑자기 걸음을 멈췄다. 선배는 혀를 끌끌 차더니 "누가 저기에 울타리를 쳐 놓은 거지?" 하고 탄식했다. 나는 선배의 눈길을 따라가 보았다. 푸르른 언덕에는 거친 나무로 세운 울타리가 실뱀처럼 구불구불 길게 쳐져 있었다. "서로 아는 사이에 왜 내 땅 너 땅 구별해서 흉물스럽게 울타리를 쳐 놓은 거야?" 선배는 몹시 화가 난 듯했다.

새로 처진 울타리 때문에 우리는 가로질러 갈 수 있는 빠른 길을 수고롭게 돌아서 가야 했다. 이따금 가는 빗방울이 떨어지기도 했다. 멀리서 몇몇의 날랜 노루가 울타리를 넘기도 하고, 꼬리가 푸른 새들이 모여서 불평하

듯 울타리를 쪼아대는 모습이 보였다. 새끼처럼 보이는 작은 짐승은 울타리를 넘지 못해 가녀린 소리로 우는 것도 보였다. 뭔가 설명할 수 없이 답답하고 애잔한 풍경이었다.

울타리를 따라 걷다가 선배가 우울하게 가라앉은 표정으로 내게 말을 건넸다.

"우리 마음속에도 울타리가 있는 것 같아. 마음속의 늙은이는 걸핏하면 울타리를 세우려고 하지. 반대로 마음속의 철없는 아이는 그 울타리를 쓰러뜨리거나 뛰어넘으려고 하지. 우리처럼 어설프게 늙은 사람들은 그 울타리가 나의 길인 것처럼 생각 없이 따라간다네."

나는 갑자기 울컥한 마음에 반박하고 싶었다.

"우리도 철없는 아이처럼 울타리를 뛰어넘어 볼까요?"

"그거 참 재미있는 생각이네."

선배의 얼굴에서 개구쟁이 같은 미소가 떠올랐다.

오늘 하루

손바닥 위에
올려져 있는 마른 꽃잎.

꼭 쥐면
아스라이 부서질 것만 같다.

갑자기
느닷없는 바람이
꽃잎을 훔쳐서 저 하늘로 사라져 버린다.

잃어버린들,
그다지 섭섭하지 않은
시시한 것이지만,

오히려
결코 돌아올 수 없기에
사무치게 소중한
오늘 하루.

아름다운 이치

길을 걷다가
갈참나무 한 잎이
나를 덮친다.

나는
땅속으로
스며들고,
사람들의 기억으로부터
조용히 묻힌다.

누군들
거부할 수 있으랴.

이 아름답고
서러운 이치를.

순례의 길

순례의 길에
마주 오는 어떤 낯선 남자를 만났다.
그가
동지인지, 아니면 적인지
도저히 가늠이 되지 않았다.

대담한 척,
속으로는 두려움에 떨면서
그에게 물었다.

"이 길이 제가 가고 있는 길이 맞나요?"

어두운 얼굴의,
눈썹 위의 흉터가 부드러워졌다.

"내가 잘못 간 길을
당신이 똑같이 밟고 있으니
아마도 그 길이 맞을 거요."

불현듯 그 길이 가고 싶어졌다.
이 길도 또 하나의 길이라는 생각이 들었다.

성탄절

어른들이 잠든 밤에도
아이들은 자랍니다.

들리는 이야기에 의하면,
하느님의 명을 받은 천사들이
밤새 아이들의 키를
늘려 준다고 합니다.

산타클로스 할아버지는
아이들의 키에 맞추어
밤새 재봉틀을 돌립니다.

성탄절에 눈이 내리면
어른들은 미끄러운 눈길을 걱정하지만
아이들은 눈사람이 춥지 않을까 걱정합니다.

어느 날,
아이들의 키가
어른들을 넘어서면

어른들은 그제야
밤마다 자신들의 키가
작아졌음을 깨닫고
놀랍니다.

섬의 탄생

태초에
섬은 존재하지 않았다.

바다만을 멍하니 바라보던 끄트머리 땅은
큰 땅이
자신을 더 이상 쳐다보지 않는다는 것을
깨닫고

큰 땅이
고요하게 잠든 시간에
스스로 떨어져 나가
섬이 되었다.

섬은
영원히 뭍으로
돌아가지는 않을 것이다.

사물의 핵심

가끔은
사물의 핵심을
정면으로 마주 보기보다는
조금은 비껴서 보고 싶을 때가 있다.

늦가을,
시든 잎들이 떨어질 때에
나무가 잎들을 버리는 것이 아니라,

바람이
잎들을 자유롭게 해 주는 것이라
비껴서 보고 싶다.

빛

빛은
겨울나무의 앙상한 가지로 내려와
새순들을 깨우고
꽃이 피게 합니다.

할 일을 다 한 빛은
줄기를 어루만지며
내려와

땅속으로 스미고
뿌리 옆에서
숨죽이며 어두워집니다.

누군가에겐
빛은 여전히
어둡습니다.

어둠을 통해서
비로소
소중한 것을 보았다
할 때까지

빛은
차갑고 어두운
우리들의 가슴에서 한껏 웅크리며
다시 깊은 어둠으로 돌아갑니다.

샘

다리도 풀리고 지쳐
하산하는 길에 만난
샘물.

손바닥에 담아
한 모금 마시니

산이 내게
더욱 크게 다가오는 듯하다.

내려오는 길에
이 고마운 것들을
많이도 지나쳐 버렸구나!

"존재"에 눈담고, "관계"에 귀담아 사물을 보다

박재우(글쓰기연구소 '서랍書LAB' 대표시인)

글쓰기연구소를 차려 몇 군데 강의를 하고 있습니다. 문예창작보다는 주로 테크니컬 라이팅인데, 의외로 가끔의 수요가 재미있습니다. 테크니컬 라이팅이란 '아는 것'을 쓰는 것에 비해 문예창작은 '모르는 것'을 쓰는 것입니다. 지식과 기술 대신에 감정과 생각이라는 것이 큰 울림을 줍니다.

새삼스럽게 이런 서두를 여는 까닭은, 이원종 시인의 세 번째 시집에서 감정과 생각이 반보기하듯이 그 어느 중간 쯤에서 그들이 깊이 있게 교류하고 있기 때문입니다.

시인은 "존재"를 얘기합니다. 공간과 도시, 자연과 꿈, 골목과 자아를 빚고 있습니다. 단어와 단어의 인력이 너무 자연스러워 그들이 이끄는 대로 행과 행을 다녀 봅니다.

매서운 겨울밤의
추위를 견디지 못하고
별들이 수직으로 우수수 떨어진다.

후 하고 촛불을 끄는 바람에
도시의 화려했던
모든 불빛들이 꺼져 버린다.

그대가 보낸
메일 한 줄 때문에.
- 「겨울 빛」 부분

시인의 한 숨(one breath)에 꺼지는 것은 촛불이 아니라 도시의 화려한 불빛입니다. 온몸에 쏟아지던 도시의 밝은 빛은 '그대의 메일 한 줄'르 그 빛을 잃어버립니다. 메일에는 무슨 내용이 적혀 있었던 것입니까.

슬픔이
너무 사무쳐서
숨조차 쉴 수 없다면

잠시
나무 그늘 아래
바위에 걸터앉아

쉬십시오.

흐르는 눈물을
뺨에 맡겨 두면
자연스레
바람 속으로 스며들 것입니다.
- 「내리막길」 부분

메일은 슬픔이었나 봅니다. 흐르다 흘러 증발해 버린 눈물이 바람에 얹어지듯이 이원종 시인은 기뻐야 할 시간에 먼저 앉아 있는 슬픔과 마주합니다. 힘들게 오른 산길을 너무도 쉽게 내려오는 하산 길의 덧없음이 못내 아쉬운 것입니다. 인생의 저물녘은 이리도 쉽게 포기하는 것인가 하는 긴 생각을 던집니다.

서로를 베고 편안히 누워 있는 조약돌들을
흔들어 깨우리라.

가지에서 대롱거리는 잎을 날려서
옛 연인의 창가에서 밤새 서성이게 하리라.

억새풀을 어지럽게 흩트려 놓아
나그네가 고향으로 돌아가는 길을 헤매게 하리라.

사람은 끝내 홀로 돌아가야 한다는 진실을
깨닫게 해 주기 위하여
포도송이들을 무겁게 하리라.

해서 바람이 지나가는 길을 멍하니,
하염없이 바라보게 하리라.
- 「만약 내가 바람이 된다면」 부분

시인의 허허로운 시선은 소망을 이루어 바람(風)이 됩
니다. 가만히 있는 돌을 흔들고, 억새풀을 흩트리고, 포
도송이를 무겁게 하여 이 세상을 흔들어 버립니다.

참으로 철이 없게도
어둠의 손을 피해,

사랑하는 이의 손을 잡고
햇빛이 눈부시게 부서져 내리는
산토리니 섬의 골목길을
미친 듯이 달려 나간다.

길이 끊어진
노을 속을 달려 나간다.
- 「버킷리스트」 부분

지중해의 햇볕은 사람을 나른하게 합니다. 그 파란 바
다 위의 그보다 옅은 푸른 하늘, 하얀 구름을 누워 바라
보노라면 세상에 바쁠 것 하나도 없습니다. 그러나, 철없
는 시인은 산토리니섬의 골목길을 미친 듯이 달려 나갑
니다. 시인을 흔들어 깨우는 버킷리스트는 결국 그리스
를 벗어나 우리들의 골목길로 돌아오는 것입니다.

빛과 어둠이
숨바꼭질하는
골목길.

좁은 길과 좁은 길들이
얌전하게 실뜨기 놀이를 하는
저녁.

어디선가 아스라이 들리는 듯한
무궁화꽃이 피었습니다.

마음속에
꽁꽁 감추고 있던
오랜 기억들을,

골목길은

아주 낮은 목소리로
고즈넉이 읽어 주고 있습니다.
- 「골목길1」 전문

　1970년대 말의 구로동 골목길, 신림동 골목길, 영등포 골목길, 흑석동 골목길, 성북동 골목길이 아른합니다. 키 낮은 담벼락이 이어지며 실뜨기처럼 이리저리 꼬여 보이지만 익숙하게 찾아갈 수 있었던 그 골목길은 추억을 읽어 주는 낡은 영화관 같은 곳입니다.

　"어느 낯선/골목길을 지나가다가/어린 시절의 집을 닮은/허름한 집을/보았습니다." 「골목길3」에서는 어린 시절을 떠올리다가 "전/당신을/한참을 기다렸습니다."라며 결국 어머니를 소환하고 맙니다. "어지럽게 갈라진/가난한 동네의 밤"(「골목길6」)이었지만, 시인은 천연스럽게 골목을 배회합니다.

　이렇게
　무덥고 끈적끈적한 여름날에
　우리가 이 골목길을
　계속 걸어갈 수 있는 것은,

이 골목을 돌면
새로운 길이 펼쳐질 것이라는
희망 때문이지 않을까요?
- 「골목길8」 부분

시인은 지치지 않습니다. 디덜러스의 미로처럼 얽힌 듯 보여도 그 길은 막다른 길이 아닌, 새로운 길입니다. 결국 이원종 시인은 혼란스러운 자아에게 질문을 던집니다. 나는 어느 골목에 서 있는가라고 소리쳐 봅니다.

어두운 골목길,
가고 싶지 않은 골목길,
가 보고는 싶은데 두려운 골목길,
돌아가고 싶지 않은 아픈 골목길,
당당하게 걷기에는 부끄러운 골목길,
누군가에게도 들키고 싶지 않은 골목길,
- 「골목길9」 부분

그 골목길 모퉁이에 시인이 있습니다. 우리가 있습니다. 돌아오지 않을 시간이 있습니다. 돌아가야 할 새 길이 있습니다. 갈래갈래, 둘레둘레, 삶이란 그런 골목입니다.

이원종 시인은 "관계"를 얘기합니다. 만남과 이별, 외로움과 고독, 그리고 사랑을 얘기합니다.

드물게는,
울고 싶은 내가
내 품에 안겨 꺽꺽 울다가
가기도 합니다.

그러다 보면
따뜻한 남도의 섬들은
저 혼자만의 섬들이 아니라는 걸
어느새 깨닫게 됩니다.
- 「빈방」 부분

빈방에서 홀로 설움을 삼키다가 문득 혼자만의 섬이 아님을 알게 되는 시인은 "늦가을,/시든 잎들이 떨어질 때에/나무가 잎들을 버리는 것이 아니라,//바람이/잎들을 자유롭게 해 주는 것"(「사물의 핵심」)이라고 강변하고 있습니다. 장 그르니에의 산문집 '섬'을 생각게 합니다.

시인이 보여 주는 주관의 객관화, 객관의 주관화, 그 넘나듦이 이렇게 유쾌할 수가 없습니다. 알퐁스 카도 그랬습니다. 어떤 사람은 장미꽃에 가시가 있다고 불평하

지만, 나는 쓸데없는 가시나무에 장미가 핀다는 것에 감
사한다고.

    누군가에게 받은
    상처가
    서서히 아무르고
    딱딱한 딱지가 생겨나기 전에,

    굳어 가는 살을
    떼어 내 버려야 한다.

    다시 상처받기 위해서
    -「새로운 상처」 부분

    상처를 덧내고 덧내서 무뎌지기를 바라는 시인의 마음
은 관계의 상실에 대해 두렵기조차 합니다. "샘물.//손바
닥에 담아/한 모금 마시니//산이 내게/더욱 크게 다가오
는 듯하다."(「샘」)는 시인에게 사람은 왜 그리 큰 상처를
주는 것인지요.

    사람이 온다는 것은 그 사람의 과거와 현재와 미래가
함께 오기에 어마어마한 일이라던 정현종 시인의 「방문

객」처럼 그 어마어마함이 기쁨으로 오는 것이 아니라 상
처로 온다니 얼마나 견뎌야 위로가 되고 위안이 되고 따
듯한 관계가 되는 겁니까.

아,
내 사랑과 함께
뜨거운 순두부찌개를 먹던
그날 저녁,
- 「순두부찌개」 부분

시인은 뜨거운 순두부찌개를 떠올리며 따듯했던 그녀
와의 한 끼를 그려 봅니다. 미지근하게 식은 순두부찌개
를 먹으면서 혀끝에 맴도는 차가운 미각에 섬뜩 놀라는
듯합니다. 희로애락의 사이클은 인간관계의 짧은 맛인
듯합니다. 시냇물에 떠가는 나뭇잎 한 장인 듯합니다.

바람결에 그렇게나 요란을 떨었던
우리의 삶이란 기껏해야,
나뭇가지에서 떨어져

거친 시냇물의 여울에서 맴돌다 흘러가는
나뭇잎 같은 것.
- 「이유도 없이 우울이 찾아올 때」 부분

시인은 자신만의 대화법을 알고 있습니다. 짧은 호흡이지만 들숨 날숨을 조절할 줄 압니다. 바다에 떠 있는 섬처럼 외롭지만, 홀로인 것은 아닙니다. 바다에는 얼마나 많은 섬들이 있습니까. 이원종 시인은 외롭지 않습니다.

잔을 부딪쳐 줘,
언제나,
아니 언제나는 욕심이고,

아주 가끔.

내가
세상에 버림받았다고 느낄 때나
무거운 머리를
누군가의 어깨에
기대고 싶어질 때,

눈물을 감추려고
머리는 숙이고 잔은 들었을 때,

술을 못하는 너는
그냥

짠~ 하고
입으로 부는 바람이라도 부딪쳐 줘.
- 「홀로」전문

　이원종 시인의 첫 번째 시집『선(禪)』, 두 번째 시집『너
무나도 소중하지만 하찮게 느껴지는』에 이은 세 번째 시
집『순두부찌개』는 "존재"와 "관계"를 그리고 있습니다.

　위에서 살펴보았듯이 잔잔한 시어의 이끎이 두드러져
보입니다. 처음 대하는 독자에게는 낯설어 보이겠지만
앞선 시집들이 다소 무겁고 사색적이었던 것에 반해 이
번 세 번째 시집은 쉽고 편안해 보입니다. 그럼에도 그
감정과 생각의 깊이와 떨림은 여전합니다. 모든 운동에
서 힘을 빼는 것이 최고의 경지라 하듯이, 시를 쉽게 쓰
는 것이 가장 어려운 일이기도 합니다. 그러기에 모두에
게 이 시집을 툭 권합니다.

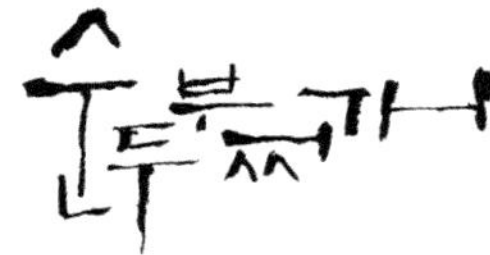

© 이원종, 2026

초판 1쇄 발행 2026년 2월 23일

지은이   이원종
펴낸이   이기봉
편집   좋은땅 편집팀
펴낸곳   도서출판 좋은땅
주소   서울특별시 마포구 양화로12길 26 지월드빌딩 (서교동 395-7)
전화   02)374-8616~7
팩스   02)374-8614
이메일   gworldbook@naver.com
홈페이지   www.g-world.co.kr

ISBN   979-11-388-5454-2 (03810)